LA TAXE CANINE

DEVANT

LE PARLEMENT DES CHIENS

SATIRE

PAR

E. CHANTEPIE

Prix : 50 cent.

PARIS

CHEZ TOUS LES LIBRAIRES.

1855

LA TAXE CANINE

DEVANT

LE PARLEMENT DES CHIENS

SATIRE

PARIS. — TYPOGRAPHIE DE Mme Ve DONDEY-DUPRÉ,

rue Saint-Louis, 46, au Marais.

LA TAXE CANINE

DEVANT

LE PARLEMENT DES CHIENS

SATIRE

PAR

E. CHANTEPIE

PARIS

CHEZ TOUS LES LIBRAIRES.

—

1855

LE PARLEMENT DES CHIENS

―――――

« Nous, président du club des chiens confédérés,

» Vu certains arrêtés concernant notre engeance,

» Par lesquels on suspend des droits longtemps sacrés;

» Considérant qu'il faut songer à la défense,

» Et prendre *tels avis* pour nous délibérés :

» Convoquons tous les chiens de Navarre et de France.

» A cet effet, prions nos frères bien aimés,

» Chiens de luxe, de cour, de travail et de chasse,

» Quels que soient leur état, leur fonction, leur race,

» De déléguer vers nous ceux d'eux les mieux famés

» Pour, à *tels lieu, nuit, heure,* au conseil prendre place.

» Salut, et gueule close. Accourez yeux fermés. »

Au chien d'un mendiant aveugle et virtuose,

Vagabond par état, l'appel fut confié ;

Et dame Autorité ne vit rien à la chose,

L'émissaire passant sous couleur de pitié.

Aux lieu, nuit, indiqués, après maintes alarmes

Des maîtres, des valets, des enfants, des gendarmes ;

Après mille périls, et maints vols par chemin,

Messieurs les délégués arrivèrent enfin.

Non pas tous,—quelques-uns furent surpris en route,—

D'autres ayant livré le plan — pour une croûte.

Malgré ce contretemps, qu'il faut toujours prévoir

Quand on joue au complot, on trompa le Pouvoir,

On vint en nombre. Et même on vit les chiens de dames

Se laisser entraîner à ces secrètes trames.

D'influents lévriers les avaient alléchés

D'espérance, et par ruse, on prétend, embauchés.

Enfin, soit zèle ou peur, intrigue ou confiance,

De nos chiens députés le concours fut immense.

Le lieu du rendez-vous était un carrefour

Au sein d'une forêt : sorte d'amphithéâtre,

Où l'on n'aurait pas vu plus clair que dans un four.

Sans les rayons diffus d'une lune bleuâtre,

Des quartiers de rochers, pendants de toutes parts,

D'un cirque naturel dessinaient les remparts.

Des arbustes grimpants palissadaient leurs crêtes

Et défendaient ces lieux des regards indiscrets;

Et sous leurs flancs creusés pour ainsi dire exprès,

Ces rocs aux comploteurs présentaient des retraites.

Rien ne manquait ici : de l'herbe pour s'asseoir.

Un tertre vert de mousse à servir de tribune;

Tout près, un filet d'eau formant un abreuvoir;

Du calme et de l'espace, avec un clair de lune :

On ne pouvait trouver aux profondeurs des bois
Lieu plus bel et plus sûr et commode à la fois.

Et puis, le président, vieux chien, sachant son monde,
Durant deux jours entiers, avec ses assesseurs
Au poil comme à la plume intrépides chasseurs,
Avait fait du gibier un massacre à la ronde.
Ceci s'était passé dans le plus grand secret :
Car on voulait offrir, par façon de surprise,
Aux députés assis au fraternel banquet.
La fine venaison sous bonne garde mise.
Ce trait devait flatter l'amour-propre et la dent
Et valoir de beaux tosts à l'actif président.
A l'heure de minuit, sous l'épaisse feuillée,
Chacun étant présent, se forma l'assemblée.
Quand on se fut flairé, grogné, montré les crocs,
Toutes façons de faire entre chiens connaissance,
Le président sonna par trois fois ses grelots,
Invitant à s'asseoir l'honorable assistance.

Deux roquets, comme huissiers, donnèrent de la voix :

Et chacun lentement prit rang selon son choix,

C'est-à-dire selon la diverse origine

Que chacun reconnaît dans la gente canine.

Les dogues, les mâtins, chiens de garde et de cour,

A poil ras, court coiffés, au nez plat, au front lourd,

A l'extrémité gauche allèrent prendre place.

Le fastueux danois, l'élégant lévrier,

Coureur de promenade ou coureur de gibier,

A l'autre extrémité s'installèrent en face.

Tout près de ces derniers, s'assit coquettement

L'escadron favori des chiens d'appartement,

Qui font cercle au salon et posent en voiture :

Le bichon, si mignon qu'il tient dans un manchon ;

Le king'charles sans queue, à vieillotte figure ;
Et le carlin rageur, et le laineux griffon.

Le caniche savant et le barbet fidèle,
Par fi de ces musqués, montèrent à l'autre aile.

Quant aux braques, bassets, limiers, épagneuls,
Ces messieurs, faisant corps, voulurent rester seuls,
Et former à part eux une petite Église,
Entre les deux côtés au centre gauche assise.

Le centre se remplit des métis, des bâtards,
Chiens sans race et sans nom, venus de toutes parts,
Prenant de toutes mains, faits pour la servitude,
Dont manger et dormir est l'unique habitude.

Tels de cette assemblée étaient les éléments :
Le centre ne comptait que par ses grognements;

La gauche avait pour elle avec la violence

Fortes gueules, longs crocs et cruels grincements ;

La droite, noble et fière, à ses cris de vaillance

Joignait la politesse et les fins aboîments ;

L'habile centre gauche, avec ruse et prudence,

Maniait de ses voix les douteux hurlements ;

Et si les deux côtés faisaient ployer le centre,

Messieurs les chiens de chasse iraient se placer entre,

Et, par un double jeu sans principe et sans foi,

Prendre aux griffes d'autrui tous les marrons pour soi.

LE PRÉSIDENT.

Très-honorables chiens, chers collègues et frères,

Je vous ai fait appel,—vous m'avez entendu,

Et par un prompt concours à l'instant répondu.

Recevez donc, messieurs, mes compliments sincères.

J'ai, pour vous avertir, convoquer, réunir,

Pris les engagements qui pouvaient convenir

A l'effet d'assurer notre grande entreprise.

Délibérez en paix sans crainte de surprise.

Le Pouvoir, égaré par de mauvais conseils,

A rendu des édits sur nous (1)... que je déplore.

De mémoire de chien, on n'en ouït de pareils !

Avisons aux moyens, — s'il en existe encore,

D'avertir, d'éclairer notre gouvernement

Qui mérite, hors ça, notre entier dévoûment.

Pour donner aux débats plus d'ordre et plus de suite,

Voici le plan, messieurs, auquel je vous invite :

Apprécier le but de ce fâcheux décret ;

En rechercher la cause, en présager l'effet ;

Exposer nos griefs et nos droits par enquête ;

Et sur ces éléments dresser une requête.

Voilà, je crois, messieurs, quelle est, en quelques mots,

La marche propre à mettre à terme nos travaux !

En signe approbateur on agita les queues.

(1) Ordonnance de police sur les chiens : — chaîne, muselière, laisse.

Un profond aboîment retentit à deux lieues.

Cependant, ce discours modéré, réservé,

De tous les députés ne fut pas approuvé.

Le président parut à la plupart timide,

A d'autres téméraire, à quelques-uns perfide.

Ce président était un vieux chien d'avocat,

Roué, tour à tour fier, hardi, poltron et plat;

Ayant soigné la cour, ayant couru le lièvre,

Et sachant ménager le chou comme la chèvre.

Il s'était fait un nom chez les chiens de bourgeois

Par ses cris, ses succès et ses nombreux emplois.

C'était un vrai... Pourquoi mettre un trait sans audace,

Dès lors qu'on ne peut plus railler les gens en place?

Le calme rétabli dans la réunion,

Monsieur le président reprit sa motion :

— Nous avons proposé de dresser une enquête,

Il importe avant tout, je crois, qu'elle soit faite.

Messieurs, je mets aux voix ma proposition :

2

Qui l'approuve, messieurs, veuille lever la patte ;
Qui la veut rejeter, à l'oreille se gratte. »

Et la majorité fut pour l'adoption.

— Nous allons procéder, ne quittez pas la place,
A l'appel nominal selon l'ordre de race.
Et chacun défila sous la voix de l'huissier
Livrant ses faits et dits aux griffes du greffier.

LES CHIENS DE BERGER.

Chiens de berger, chacun sait quelle est notre affaire ;
Jamais nous ne restons, comme on dit, à rien faire ;
Car, depuis la Saint-Jean jusqu'à la Saint-Martin,
Nous sommes dans les champs le soir et le matin.
Le jour, nous conduisons les troupeaux au pacage ;
La nuit, contre les loups nous veillons au parcage.

Châtier le bétail sans blesser ses toisons ;

Contre ses dents, ses pas, défendre les moissons ;

C'est, Dieu bon ! sans regrets l'emploi de notre vie.

Or, de politiquer nous n'avons nulle envie.

N'étant ni vagabonds, ni surtout fainéants,

Nous ne redoutons rien de tous nos gouvernants.

Pourvu que nous allions en paix dans le village,

Quand cessent nos travaux, dans le temps du chômage,

C'est l'hiver... qui pourrait, ma foi, nous empêcher !

Et quand on le voudrait, qu'on vienne nous chercher !

Quant à la muselière, à la laisse, à la chaîne,

De tous ces joujoux-là nous ne sommes en peine.

C'est bon pour amuser tous ces chiens freluquets,

Qui flânent par la ville et qui font leurs coquets.

— Si vous avez écrit, monsieur le secrétaire,

Tout dit, — nous n'avons plus maintenant qu'à nous taire.

A quelques traits naïfs le congrès s'égaudit,

Mais à nos paysans avec force applaudit.

A la barre, après eux, parurent d'un ton rogue,
En trio, le mâtin, les dogue et bouledogue.

LES DOGUES.

Le voleur, l'assassin, le mendiant rôdeur,
De nos voix, de nos crocs, de nos griffes ont peur.
Nous les sentons de loin. Pour les mettre en alarme,
Notre museau vaut mieux qu'un chapeau de gendarme.
Car si nous attrapons quelqu'un d'eux par la peau,
Il ne saurait s'enfuir qu'en laissant le morceau.
Une ferme isolée est une citadelle,
Alors que l'un de nous y veille en sentinelle.
Et, mieux qu'un double mur, les deux rangs de nos crocs
Défendent un domaine avec un parc enclos.
— Dans les sombres forêts est-il ours à combattre?
Chasseur, nous le tenons au col, tu peux l'abattre.
Mais où sont les chasseurs, les forêts et les ours?
Suivre un lièvre en un chaume est chasser de nos jours!

—Faut-il pousser un bœuf qui sent la boucherie?

Nous sautons à sa gorge et domptons sa furie.

— Faut-il, devant le peuple en spectacle assemblé,

Lutter contre un taureau, l'âne ou l'ours muselé?

Nouveaux gladiateurs, intrépides athlètes,

Nous aimons à combattre, ô peuple, pour tes fêtes!

Mais, par de sots motifs qu'on nomme libéraux,

On a proscrit ces jeux soi-disant immoraux :

Et le peuple accroupi dans le fond d'une salle,

Pour s'épurer le cœur, suit des cours de scandale!

— Le marchand voyageur, dont le sac est bien rond,

Est-il, au fond d'un bois, surpris par un larron?

Qu'il pique son cheval, et de son fouet le sangle!

D'un bond notre voleur est à bas, je l'étrangle.

Sont-ils deux, trois, armés, je n'en ai pas souci!

Ma victoire est écrite à mon museau roussi.

Or, aujourd'hui, marchand qui te mets en voyage,

Quel secours auras-tu de mon compagnonnage?

Tu devras, près de toi, me tenir attaché,

Avec la gueule close et le mufle bouché.

2.

Me voici sans défense, et te voilà sans armes :

Mais quoi! dame Justice et messieurs les gendarmes

Quand tu seras pillé, blessé, presque expirant,

Viendront. Mais le brigand sera loin, toi mourant.

L'autorité répond de toi, car elle est forte,

Bon voyage! marchand, qu'elle te prête escorte!

Les chiens sont muselés, mais gare les filous!

Mille crocs! mille accrocs! On ne veut plus de nous,

On nous proscrit! Adieu, France inhospitalière!

Nous irons retrouver notre libre Angleterre.

Là, le peuple nous aime, et l'on n'oserait pas

Prohiber nos emplois, nos jeux et nos combats.

Alors le président, au milieu du tapage :

— Je ne puis tolérer un semblable langage;

A la sédition c'est un appel maudit!

L'assemblée était calme, et vous la rendez folle.

Par devoir, je vous ôte à tous trois la parole.

LES DOGUES.

Plus n'en avons besoin, car nous avons tout dit !

Peut-être il eût fallu suspendre la séance,
Lorsqu'un adroit caniche égaya l'assistance.
Droit sur pattes, ce chien, comme un tambour-major,
S'en vint à la tribune et s'y tint droit encor.
Il était frais tondu, frisé, blanc et sans tache ;
Portait crinière au col, aux lèvres la moustache ;
Une manchette blanche entourait son jarret ;
Comme un pompon sa queue agitait son floquet.
Après avoir passé sur son jabot la patte,
Comme avant de parler fait l'homme qui se flatte,
Il dit :
            — Je suis docteur ès-jeux et maître ès-arts ;
Membre correspondant de mainte académie ;
J'ai d'ordres et de croix une foule infinie,

Dont je fus honoré par les rois et les tzars.

Je sais l'arithmétique, et je connais l'histoire.

Mais il vous faut des faits, non des mots pour me croire !

Aussi, sans m'égarer dans un plus long discours,

Permettez-moi de faire à l'instant quelques tours.

Faut-il, d'abord, messieurs, qu'à vos yeux j'exécute

La valse ou la polka? c'est par quoi je débute...

Bagatelle! — Voici, messieurs, certain outil

A la plupart de vous très-cher, — c'est un fusil.

Messieurs, comme un chasseur, mais chasseur de Vincenne,

De la charge en trois temps je vous donne la scène :

Je bourre,—amorce, — couche en joue;— et je fais feu!

Mort je suis!—N'ayez peur, messieurs, ce n'est qu'un jeu.

J'ai dans un régiment fait sept ans de service.

Passons donc, s'il vous plaît, à quelque autre exercice.

Quelqu'un de complaisant dans la société

De me bander les yeux aurait-il la bonté?

— Merci.— Serrez, de peur que le bandeau s'écarte.

— Veuillez prendre en ce jeu, puis remettre une carte;

— C'est fait!— Battez le tout :—maintenant, je vais, moi,

Dans ce paquet trouver la carte... c'est un roi...

De cœur. — Voyez, messieurs, je le tiens à la gueule...

Cette carte, pourtant, n'était pas toute seule...

Vous en avez pris deux... quoique aveugle, je voi

Que sans dame jamais ne marche un galant roi.

Maintenant si quelqu'un voulait avoir son âge

Ou son nom retracés dans un humain langage,

J'ai là mon alphabet avec des numéros ;

Je pourrais rendre aussi des points aux dominos.

Je vais avoir l'honneur de chiffrer ou d'écrire

L'âge ou le nom, messieurs, qu'on voudra bien me dire...

DANS L'ASSEMBLÉE.

AZOR.

LE CANICHE.

Beau nom !—Je couche au commencement l'A ;

Notre niche, messieurs, a cette forme-là.

A côté, vient le Z ; il semble, à le siffler,

Qu'un maître pour flatter son chien veut l'appeler,

Et lui jette cet O, que je place en troisième ;

Après cet O, messieurs, que chacun de nous aime,

Je mets l'R, dont le son, qui roule sous la dent,

Imite, à s'y tromper, un chien qui va grondant... —

— Je ne veux pas, messieurs, prolonger la séance,

Pour montrer mon savoir qu'on apprécie en France ;

Il n'est ville ni bourg où l'on ne soit heureux

D'admirer mes talents et mes travaux nombreux.

Je suis le seul artiste ayant le privilége

D'égayer un couvent ou d'instruire un collége.

Moi, seul, je suis encore admis au régiment.

Dois-je enfin rappeler, messieurs, mon dévoûment :

On me voit tous les jours promener par la ville
L'aveugle dont je tends aux passants la sébile,
Je lui tiens lieu d'enfant, et sa vie à moitié
Dépend de mon instinct et de mon amitié.
Or, si l'on ne craint pas de museler l'artiste,
Et d'augmenter ainsi des malheureux la liste,
Oserait-on, messieurs, contre l'humanité,
Proscrire un chien qui fait de cœur la charité !

Il dit : et salua par quatre cabrioles.
On ne sut qu'admirer, des tours ou des paroles.

Alors, un personnage à la fois fort et grand,
A pas sûrs et comptés, descendit de son banc,
Et s'en vint d'un air grave aborder la tribune.
Il avait bonne mine, et belle et peu commune.
— De la plupart de vous, messieurs, bien qu'inconnu,
A parler à mon tour je me suis cru tenu.

Natif de Terre-Neuve, une affection vive

M'a fait choisir la France en patrie adoptive.

Ne me regardez pas, messieurs, comme étranger :

Je connais vos travaux et sais les partager :

C'est ainsi que j'ai pu prendre en votre patrie

Lettres d'adoption et droit de chiennerie.

Il est, vous le savez, des chiens au Saint-Bernard

Qui dans une œuvre sainte ont une bonne part.

Ces chiens s'en vont chercher, vous le rappellerai-je ?

Le voyageur transi qui se meurt sous la neige.

Sans prétendre égaler un courage si beau,

Je sauve tous les jours des malheureux de l'eau.

Dès que je vois un corps que le courant entraîne,

Je plonge, et sur le bord avec soin je l'amène.

La laveuse étourdie et l'imprudent baigneur,

L'enfant qui joue et tombe et le gai promeneur,

Combien j'en sauverais ! sans cette muselière,

Et si l'on me nommait chercheur garde-rivière.

L'eau pour moi, c'est, messieurs, mon second élément.

Puissent nos vœux toucher notre gouvernement !

Lors un chien se leva et jappa de sa place :

D'où vient qu'on n'a pas ouï messieurs les chiens de chasse

Prendre part à l'enquête et parler à leur tour ?

S'il existe une intrigue, il la faut mettre à jour !

Ils se sont abstenus des débats. Leur silence

Est une adhésion tacite à l'ordonnance

Qui consacre pour eux cinq grands mois de faveur,

Et nous fait un état inférieur au leur.

S'ils sont contents, c'est bien ! Mais ici point de traîtres,

Agents de la police et complices des maîtres.

A l'ordre ! hurla-t-on. — Bravo ! bravo ! parlez !

Et les cris se heurtaient, les rangs étaient mêlés.

— Allons, expliquez-vous, les chiens du privilége !

— Ils sont muets de honte et cloués à leur siége.

— Monsieur le président, couvrez-vous et sortez.

— Silence ! — Ils vont parler. — Ecoutez ! Ecoutez !

L'ORATEUR, d'un air grave et profond.

.... Je suis sur un terrain...

LE CHOEUR.

A bas !

L'ORATEUR, d'un ton pénétré.

... Votre indulgence...

LE CHOEUR.

Vous en avez besoin !

L'ORATEUR, éclatant.

Laissez donc la défense !
Libre !... et permettez-nous d'opposer des raisons
Aux cris dont vous couvrez le néant des soupçons.

LE CHOEUR.

Au fait !

L'ORATEUR, d'un air fort.

J'y viens. — Messieurs...

LE CHOEUR.

Parlez-nous sur l'enquête !

L'ORATEUR.

Jamais de plus utile, à mon sens, ne fut faite !
C'est quand on méconnaît nos services qu'il faut...

LE CHŒUR.

S'abstenir ! s'abstenir !..

L'ORATEUR, avocassant.

Les proclamer bien haut !
Vos griefs et vos vœux sont en tous points les nôtres :
Et si nous n'avons pas joint nos plaintes aux vôtres,
C'est qu'il est malséant pour les plus offensés
D'entendre plus haut qu'eux crier les moins froissés.

LE CHOEUR.

Allons donc!

L'ORATEUR, patelinant.

La faveur qui nous est reprochée,
Nous ne la méritons ni ne l'avons cherchée.
Et si le seul mérite y pouvait donner droit,
Elle serait pour vous, non pour nous...

LE CHOEUR.

C'est adroit!

L'ORATEUR, pataugeant.

Aussi, quand vous disiez vos grands et beaux services,

3.

Nous taisions par pudeur nos infimes offices,

Trop connus, puisqu'ils ont attiré sur nos fronts

La faveur du Pouvoir, hélas! et vos soupçons.

— Hué, moqué, perdu, l'orateur fait retraite.

L'ordre du jour est mis aux voix. On clôt l'enquête.

La parole est donnée au noble lévrier

Qui pour parler d'ensemble est inscrit le dernier.

LE LÉVRIER.

Le jour où sur les murs parut cette ordonnance

Qui bannit à peu près les pauvres chiens de France,

Je flânais... Et je fus, messieurs, un des premiers

A parcourir des yeux ces funestes papiers.

J'y songeais, en suivant les quartiers de la ville,

Quand tomba sur le bout de ma queue — une tuile.

J'eus peur — et fus surpris qu'on laissât les bourgeois,

Contre la sûreté, couvrir ainsi leurs toits...

Je suivais mon chemin, quand passent dans la rue

Deux chevaux qu'un valet conduisait. L'un d'eux rue,

Et si bien, qu'un passant reçut de ce cheval

Un coup de pied qui mit notre homme à l'hôpital.

Et je me demandai comment une ordonnance

Ne sévit pas aussi contre l'hippique engeance.

C'est un noble animal, je le sais; mais enfin,

Si nous avons la rage, il a, lui, le farcin.

Mais il est en faveur. Nous, caprice ou justice,

Nous avons contre nous la Presse et la Police ;

C'est-à-dire la foule, et le gouvernement.

Bel et touchant accord que l'on voit rarement.

— Or savez-vous, messieurs, pourquoi les journalistes

En cette question sont nos antagonistes ?

Messieurs, le journaliste est comme un animal

Qui nous est en défauts, non en vertus, égal.

Il a griffes et crocs; rampe, flatte ou menace ;

Au gibier du pouvoir, mince ou gros, fait la chasse,

Fouille dans les recoins, ardent à déterrer

Le scandale en lambeaux qu'il aime à dévorer;

En tout temps, contre tout, il grogne, hurle, aboie,

Se pille avec les siens. L'État serait sa proie,

Si les maîtres du lieu, j'entends par là les rois,

N'enchaînaient au chenil cette meute aux abois.

Cela vient d'arriver en France. Là, la Presse

Pour s'être émancipée, aujourd'hui marche en laisse.

Le peuple, enfant mutin, à s'affoler si prompt,

Accepte avec bonheur un bourrelet au front.

Or, c'eût été, messieurs, chose assez singulière

Que tout, hormis les chiens, portât la muselière.

Qu'auraient dit nos Français, si ces fiers citoyens

N'avaient trouvé chez eux de libres que leurs chiens?

Effet divertissant des plaisantes épreuves

Que, de quinze en quinze ans, ils tentent comme neuves.

La Presse se mit donc à remplir ses journaux

Du bruit de nos méfaits tant anciens que nouveaux.

Il fallait un prétexte : on trouva que la rage,

Mal tout nouveau vraiment! faisait un grand ravage ;

Et que nos chers Français couraient ces deux dangers,

D'être à la fois d'esprit et de corps enragés.

On était justement en pleine canicule.

Le public aussitôt de gober la pilule.

Le bourgeois de trembler au seul aspect d'un chien,

Et, de peur qu'il n'ait soif, faisant noyer le sien.

La Police intervint. Et de là nos entraves !

Nous étions serviteurs, et l'on nous veut esclaves.

Pourquoi nous étonner d'une telle rigueur?

Ces persécutions tournent à notre honneur :

Car, soyez convaincus que l'homme, en ses malices,

S'attaque à nos vertus plus encor qu'à nos vices.

Oui, nos maîtres sont las d'avoir dans leur maison

Un compagnon muet qui leur fait la leçon ;

Et de qui la conduite à la leur comparée

Se dresse, par l'exemple, en satire acérée.

Que vous avisez-vous d'avoir la qualité

D'aimer et de servir avec fidélité !

C'est offenser les mœurs par un contraste étrange!

Chez un peuple mobile, où la gloire est qu'on change

De maîtres, de drapeaux, de couleurs et de cris,

Selon les intérêts, les succès et leur prix.

C'est là, vous le sentez, un exemple entre mille.

Je n'irai pas plus loin, ce serait inutile.

— Mais à quel but, messieurs, tendent ces arrêtés?

Contre nous, et nous seuls, sont-ils vraiment dictés ?

Pour moi, je n'en crois rien, s'il faut que je le dise.

Nos maîtres les bourgeois ont fait une sottise.

Ils n'ont pas vu qu'au fond de ceci le fin mot,

C'est qu'ils rachèteront nos droits par un impôt,

Une taxe, un vrai cens qu'on mettra sur nos têtes.

Applaudissez, bourgeois ! tenez vos bourses prêtes !

Murmurez ! mais payez. Car vous aimez vos chiens :

Ce sont encor pour vous les plus sûrs gardiens.

Voilà déjà longtemps que vos économistes

Avaient dressé des chiens le nombre sur leurs listes !

Afin de vous prouver par chiffres et raisons

La part que vous jetez aux chiens — de vos moissons;

Et combien on pourrait donner à l'indigence,

Si l'on faisait crever de faim les chiens de France :

Supposé, toutefois, que la plupart des gens

Fissent passer des chiens la dîme aux indigents.

Statistique, ô science économique! unique !

Combien n'accrois-tu pas la fortune publique!

Admirez cet effort d'esprit ingénieux,

D'où vous naît un impôt et rien aux malheureux!

Tel est le résultat des mesures nouvelles.

Ne les aggravons pas en nous montrant rebelles.

Laissons tomber la peur, la sottise et le bruit;

Trop parler nuit, dit-on, surtout trop gratter cuit.

Bornons-nous à livrer au grand jour notre enquête ;

Dans un sage esprit d'ordre et de paix elle est faite.

Et puis, confions-nous sans réserve au Pouvoir.

Lui seul peut notre bien et nous le fera voir.

Et l'orateur descend ; on l'entoure, on le presse...

Son discours est inscrit par acclamation

Dans le procès-verbal qu'à l'instant même on dresse.

Et puis le président clôt la réunion.

Et le banquet commence, et l'assemblée en joie

Passe la nuit en tosts, fraternise et festoie.

Pour être publié selon l'original,

J'ai signé le présent de mon nom d'animal,

— *Mirande* ; — et si la loi comme chien me dénie,

Quelqu'un répond de moi : mon maître,

CHANTEPIE.

FIN.

Paris. Typ. de M⁰⁰ Vᵉ Dondey-Dupré, rue Saint-Louis, 46.